KB122695

시작은 참 아름다운 일이다

시작은 참 아름다운 일이다

조윤찬 수필

개미

2017년 대한민국 장애인창작집 발간지원 사업의 수필부문은 조윤찬 기자의 『시작은 참 아름다운 일이다』가 선정됐습니다. 시각장애 4급으로 운전면허를 반납하고 발로 뛰어 온 30년은 그의 삶도 중요하지만 다른 많은 장애인들에게 희망을 주고 또 그가 가진 삶의 값진 사실적 경험을 표현한 작품성이 보여주는 바가 컸습니다.

NIE란 'Newspaper In Education'의 약자로 신문을 이용해 학생들의 사고력과 창의력을 키워주는 것으로 지식의 습득과 학습 동기유발, 효율적인 집단·토론 학습, 통합교과 학습성과를 동시에 거둘 수 있는 신문활용 교육은 조윤찬 기자가 전문가라고 할 수 있습니다.

이번 선정이 기자와 수필가를 꿈꾸는 많은 창의적인 청소년과 청소년 장애인들 그리고 글쓰기를 어려워하는 독자들에게 쉽게 글 쓰는 것을 배워주는 규범이 되리라 믿어 의심치 않습니다. 매년 자기소개서를 쓰지 못해 힘들어하는 수험생들에게도 스스로의 수필을 쓸 수 있도록 안내하는 귀한 한 권의 책이 되기를 바랍니다.

현재 전문예술단체 장애인인식개선 오늘은 '장애인창작활동지원사업'과 '장애인문화예술 발표와 향유사업'을 통해 '장애인문화운동'의 새로운 역사를 써나가고 있습니다. 매년 참여자들의 작품의 질과 내용이 놀랍습니다. 2011년부터 2017년 현재까지 43종 5만1000권의 작품집을 발간했고 30개 작품이 넘는 작곡 작품과 공연콘텐츠를 만들어 보급하고 있습니다. 또 직접 공연작품을 무대에 올렸습니다. 2014년부터 2017년 현재까지 6명의 장애인 작가들이 세종도서문학나눔에 선정되어 장애인문학의 요람이 되고 있습니다.

타협하지 않는 작가정신을 통해 사회구성원으로서의 사회공헌 또한 게을리 하지 않겠습니다. 선정작가 개개인의 역량에 축복이 있기를 바라고 선정되지 못해 후일을 기약하는 작가들에게 곧 기회가 닿을 것으로 사려됩니다. 척박한 문단의 작은 진정성으로 인해 국가불행시인행(國歌不幸詩人行)의 말처럼 나라의 백년의 대계가 곧 인문학정신임을 잃지 않는 작은 방향성의 화살표가 되도록 노력하고 연대하기를 진심으로 부탁드립니다. 특히 많은 기업들의 참여가 새로운 국가의 생산성을 확보하는 차원에서 관심을 가져주기를 기대합니다.

2017년 12월
장애인인식개선 오늘
대표 박재홍

처음으로 한 권의 책을 세상에 내놓게 됐습니다. 무척 두렵고 조심스러운 마음뿐입니다. 어느 덧 언론계에 발을 들여 놓은 지도 30년이 됩니다. 해가 가면 갈수록 기사 작성하는 것에 부담감이 더해 가는 것이 사실입니다.

그럼에도 불구하고 공정보도와 독자들의 알권리를 충족시키기 위해 열심히 땀 흘려 왔던 것에 자부심을 갖습니다. 취재 현장 속에서 수많은 취재원을 만나며 울고 웃던 그 추억이 주마등처럼 스쳐 지나갑니다. 이것이 제 삶속에 귀한 재산으로 축척됐습니다.

강산이 세 번 정도 변하는 시간이 흐른 지금, 곰곰이 생각해보니 용기와 배짱 그리고 노력이 뒷받침되지 안했다면 언론인으로 성장해 오지 못했을 것입니다. 또 언론계 무서운 선배와 잘 따르는 후배가 없었다면 오늘의 나는 존재할 수 없었을 것입니다. 그래서 언론인에게는 '의리'라는 유대관계가 그 무엇보다 중요하다고 봅니다.

사람과 사람 사이에서 눈여겨 볼 여러 사안들에 대해 글로 썼던 제 나름의 소견을 한데 모았습니다. 이 졸작을 통해 많은 어르신과 청소년들이 공감하고 삶에 카타르시스(catharsis)를 느꼈으면 하는 바람이 간절합니다.

다섯 번의 기사 원고를 찢기면서 지방일간지 기자로 입문하던 시절, 제 머리 위로 날리던 원고지들이 아직도 눈에 선하게 다가오며 눈가에 이슬이 맺힙니다. 이것이 바로 고진감래라고 할 수밖에 없습니다. 오로지 한 우물만 파왔고 앞으로도 그렇게 걸어가려고 합니다.

부족한 아들을 위해 묵묵히 기도의 끈을 놓지 않으시는 사랑하는 어머니와 5남매(3남2녀 중 차남) 그리고 묵묵히 내조해준 아내와 두 딸에게 감사함을 먼저 전하며 이 책을 드립니다.

2017년 12월
조윤찬

시작은 참 아름다운 일이다
차례

발간사 005
머리말 008

1부

행복을 주는 사람

인생의 보석인 '친구' 한 명의 가치 017
장마철 대비 철저히 해야 할 때다 019
인생의 휴지통을 비우자 022
사람을 즐겁게 만드는 인사말 025
꽃샘추위를 잘 견뎌내야 봄은 온다 027
이제 가을을 준비할 때다 030

행복을 주는 사람 033
손편지 한 장 써보는 즐거움 036
구제역 속에 맞게 되는 설 풍속도 038
결실에서 오는 기쁨 040
자살이 넘쳐나는 세상, 이대론 안 된다 042
참 행복은 어디서 오는가? 045
새해에 간절히 드리는 기도 047

2부

시작은 참으로 아름다운 일이다

시작은 참으로 아름다운 일이다 051
성씨(性氏)에 따른 기자 해프닝 053
기자와 출입처 055
기사 작성에 대한 노하우 057

쉼 059

만남과 이별 061

책 읽기 운동 063

첫 단추 제대로 끼우기 065

하늘 바라보기 067

계획표 세우기 069

올라갈 때와 내려갈 때 071

이름 073

3부

살아 있음에 진정 행복하다는 생각

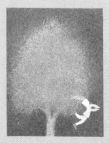

참새와 허수아비 077

어려운 이웃에게 관심을 갖자 080

가정의 달 5월 082

청소년 언어폭력 갈수록 심각하다 085

희망을 걸 수 있는 후보자에게 한 표 선사하자 088

에너지 절약을 생활화하자 090

대졸 백수 300만 명 시대 092

지방일간신문 창간 5주년 기념 우리의 다짐 094

무더운 계절에 어떻게 지내십니까? 096

더도 말고 덜도 말고 한가위만 같아라 099

살아 있음에 진정 행복하다는 생각 102

기성세대와 신세대의 연결고리는 '소통' 104

알면서도 모르는 게 '부모와 자식 사이' 107

1부

행복을 주는
사람

인생의 보석인
'친구' 한 명의 가치

　　　　　세상을 살아가면서 친구처럼 소중한
존재는 없다고 본다. 특히 아무런 격의 없는 친구라면 더 좋다.
적어도 남자든 여자든 일생동안 3명의 '절친한 친구'만 갖고 있
다면 이루 말할 수 없이 행복하다. 그만큼 돈으로 살 수 없는 것
이 바로 친구라는 존재다.

　목숨까지도 아낌없이 희생할 수 있는 친구가 필요한 시기에 우
리들은 살아가고 있다. 꼭 목숨을 버리라는 것은 아니다. 그런 만
큼 친구 간의 우정이 돈독하고 신뢰가 두터워야 한다는 말이다.

　배신은 또 다른 배신을 낳는 법이다. 친구 간에 있어 배신처럼

무서운 것은 없다. 서로 믿지 못하기 때문에 일어나는 현상이다.

"현재 당신에게는 보석인 친구가 한 명 있습니까?"라고 끊임없이 질문을 던지며 하루를 살아가도록 노력해야 한다. 이런 질문에 한 명의 '절친한 친구'가 있다면 그 인생은 성공했다고 봐도 무방하다.

만약에 이런 친구가 주변에 없다면 사귀려는 마음이 불같이 일어나야 할 것이다. 그리고 친구를 사귀기 위해 정보입수뿐만 아니라 철저한 관리도 병행돼야 한다.

한 번 맺은 친구 관계는 그 어떤 시련이 닥쳐와도 무너져서는 결코 안 되는 것이다. 그 사이가 아교로 붙인 것처럼 빈틈이 없어야 하며 절대로 끊어지지 않아야 한다.

이런 친구 관계 속에서 미래가 밝을 수 있다. 서광이 비춰오는 친구 관계는 말로 만들어지는 것은 아니다. 많은 정성과 노력이 뒤따라야 한다. 좋은 친구 관계를 유지해나가려면 희생도 감수하고 손해도 참을 수 있어야 한다는 것이다.

친구 관계는 유지하기도 참으로 힘들지만 또 한 번 금이 가버린다면 복구하기가 쉽지 않은 게 사실이다.

그래서 친구 관계를 잘 유지하려는 데 고삐를 늦춰서는 안 된다. 매일 '닦고, 조이고, 기름 치고, 확인하고' 등 '4가지 법칙'을 반복하며 지내야 한다.

장마철 대비 철저히 해야 할 때다

여름에는 특히 비가 많이 내리는 날이 많다. 이런 때일수록 주변을 잘 살펴야만 한다.

가정의 축대를 살피고 혹시 무너질지 모른다는 생각을 미리 가져야 한다. 왜냐하면 장마에 의한 사고가 발생하면 그 피해는 너무도 크기 때문이다.

기상청이 발표하는 기상정보에도 귀를 기울이고 대처할 마음자세를 꼭 가져야 한다. '소 잃고 외양간 고친다.'는 속담을 결코 잊지 말자.

해마다 장마로 인한 피해가 늘어가고 있는 추세다. 되풀이되는 피해를 더욱 줄이기 위한 노력이 뒤따라야 한다.

장마로 인한 인명과 재산피해를 줄여 살기 좋은 곳으로 이제는 보전시켜나가야 한다.

모든 사고는 미리미리 준비를 해서 막으면 결단코 일어나지 않는 법이다.

비는 우리에게 도움을 주지만 너무 많이 내리면 피해를 안겨준다. 대지를 흠뻑 적셔주는 비는 모든 사람들이 좋아한다. 그러나 쉬지 않고 내리는 장맛비는 기쁨보다는 먼저 걱정이 앞서게 된다. 왜냐하면 비 피해가 속출하기 때문이다.

메마른 대지 위에 내리는 단비는 모든 사람을 즐겁게 만든다. 그리고 더러워진 곳을 말끔히 씻어주는 역할을 수행하기에 반갑고도 기다려지는 것이다

생활 주변을 잘 살펴서 소중한 생명과 재산을 장마로부터 지켜나가야 할 때가 바로 지금이다.

이제 창밖에 내리는 장맛비를 바라보며 옛 추억에 젖기보다는 현실을 다시 한 번 직시하고 비로 인한 피해를 줄이기 위해 각고의 예방책이 필요하다.

장마로 큰 피해가 일어나 밤새 울며 지낼 것이 아니라 철저한 대비로 말미암아 경제적으로 어려운 이 시점에 얼굴에 웃음이 가득하고 건강한 여름을 날 수 있도록 우리 모두가 노력에 노력을

기울이는 하루를 살아갔으면 한다.

인생의 휴지통을 비우자

세상을 살아가는 사람들은 항상 무엇인가 욕심을 갖고 있다.

매일매일 쌓아놓기만 하고 정리할 줄을 전혀 모른다. 그러하기 때문에 계속 넘쳐나고 있다.

또 넘치는 것으로 끝나는 것이 아니라 냄새가 나거나 혹은 지저분해서 도저히 쳐다볼 수가 없다. 위생상과 미관상에도 매우 지저분하고 불편하기 짝이 없다.

그래서 모든 사람이 깨끗하게 휴지통을 비우고 씻어 말리기도 한다, 이런 행동에는 소독하고 또다시 청결하게 사용하자는 의미가 깃들어 있다.

온갖 쓰레기를 담아놓은 휴지통을 그저 바라보고만 있을 것인가. 그것은 아니다. 휴지통은 쌓이면 반드시 비워야 하고 텅 비워 있으면 쓰레기를 버려서 채워야 한다.

이제 우리 모두가 인생의 휴지통을 비우는 시간을 따로 가져야만 한다. 많이 쌓아놨다고 행복해 할 것이 아니라 비우는 것이 정말 필요하다. 여기서 비운다는 것은 나눈다는 의미로 받아들여야한다. 나누면(비우면) 그만큼 채워지는 법이다. 채워지면 곧바로 버려야 한다.

휴지통을 말끔하게 청소하는 인생이 될 때 몸도 마음도 가벼워지고 세상이 살맛나게 되며 강력한 에너지가 용솟음치게 된다.

채우는 행복보다는 비우는 행복이 더 아름답고 소중한 것이다. 쌓는 것에 보람을 느끼는 것보다는 버리는 것에 희망을 두고 살아가야만 한다.

하나의 휴지통을 두 개로 만들고 채워서 버리는 인생이 되도록 하자. 비록 채우는데 힘이 들겠지만 머지않아 버릴 때는 행복한 메아리가 귀에 들려올 것이라고 믿는다.

너무 인색하게 세상을 살아가지 말고 휴지통을 비우듯이 나누면서 살아가도록 노력을 기울여 나가자.

한 알의 밀알이 땅에 떨어져 죽으면 많은 열매를 맺게 된다고 하지 않는가.

　큰 욕심은 행복을 결코 가져올 수가 없다. 휴지통을 버리는 것처럼 비워지는 삶을 한 번 살아가봐야 할 것이다.

사람을 즐겁게 만드는 인사말

우리는 하루를 살아가면서 만나는 사람에게 인사말을 건네고 받는다. 보통 "안녕하세요?" "반갑습니다." "고맙습니다." "사랑합니다." "식사하셨습니까?" 등등이다.

사람 사이에 정(情)의 표시로 또는 안부를 묻는 인사말이 없다면 얼마나 삭막하고 무의미할까 생각하게 만든다. 인사말을 전하는 사람이나 받는 사람 모두가 얼굴에 웃음을 띠게 마련이다.

가볍게 주고받는 인사말은 인간관계를 더욱 돈독하게 해주며 서먹서먹한 마음이 완전히 풀리게 만들어주는 '특효약'이 되고 있다.

사람 사이에 이 같은 인사말이 사라지고 없다면 대인관계는 물 건너가게 된다는 것이 불을 보듯 뻔하다. 만날 때마다 주고받는 인사말은 사람의 마음을 움직이게 만든다.

또 어렵고 힘든 상황에서도 한마디 인사말을 주고받으면서 정을 느끼고 다시 한 번 상대방을 생각하게 한다.

그동안 우리나라 인사말은 세월이 지나면서 조금씩 변해왔다. 먹고 살기 어려운 시절에는 "아침진지 드셨습니까?" "밤새 별고 없으셨습니까?"라는 인사말을 주고받았다.

이제는 어느 정도 살만한 환경 속에서 서로가 나누는 인사말은 "사랑합니다." "행복합니다." "고맙습니다." "반갑습니다." 등등 으로 바뀌어야 할 것이다.

서로가 얼굴을 바라보면서 즐겁게 인사말을 나눌 때 이 사회는 더 아름답고 행복하게 된다. '인사말 주고받기'에 앞장서는 국민 이 되도록 노력을 기울여야 한다.

꽃샘추위를 잘 견뎌내야 봄은 온다

따뜻한 봄기운을 느끼기에는 아직도 시간이 필요한 것 같다. 꽃샘추위를 잘 견뎌내야 봄의 전령사가 곧바로 찾아오는 법이다. 봄은 겨우내 얼어붙었던 자연만물에게 생명의 경이로움을 말없이 선사해준다.

경칩이 지나면서 동물도 하나 둘 기지개를 켜며 서서히 겨울잠에서 깨어날 뿐만 아니라 나뭇가지에도 파란 새순이 움터 나오고 있다.

사람들은 봄을 통해 겨우내 움츠린 몸을 다시 한 번 곧추세우기 위해 노력하게 된다. 그래서 그런지 봄은 시작을 알리는 계절이라고 하며 갓 태어난 아기에 비유한다.

봄은 그러나 쉽게 우리에게 다가오지 않는다. 그것은 '꽃샘추위'라는 터널을 반드시 통과해야만 가능하다. 이 꽃샘추위를 잘 견뎌내야 따뜻한 봄기운을 만끽할 수 있다.

생명이 약동하는 봄은 인간에게 희망과 설렘을 안겨준다. 이 희망과 설렘이 1년 365일을 잘 견뎌나갈 수 있는 비타민이 된다고 생각한다.

진정한 행복은 숱한 고통을 감수하며 극복했을 때 찾아오는 것이라고 믿는다. 지독한 아픔을 느끼지 못하고 얻는 행복은 얼마 가지 않고 사라지고 만다.

하나의 진주를 생산해내기 위해서 조개는 수많은 모래를 집어삼켜야 한다. 이 모래 때문에 조갯살은 멍이 들고 아픔을 감수하며 후에는 '영롱한 진주'를 만들어 낼 수가 있다.

모든 생명체는 고통(죽음·겨울·꽃샘추위·아픔)을 통해 태어나는 것이다. 그래서 신기하고, 신비롭고, 소중하고, 아름답다.

우리에게 닥친 꽃샘추위를 견뎌내야 한다. 그럴 때 봄은 성큼 우리 곁에 와 있게 된다.

꽃샘추위 앞에 당당하게 서 있어야 하며 봄을 맞을 만반의 준비를 다해놔야 할 것이다. 준비가 미흡하면 실수하게 되고 그에 따라 패배를 맛볼 수밖에 없게 된다. 봄 맞을 준비를 철저히 해

꽃샘추위쯤은 아랑곳하지 않는다는 저력을 과감히 보여줘야 한
다.

이제 가을을 준비할 때다

조석(朝夕)으로 차가운 바람이 불어 오는 것 같아 머지않아 가을이 오고 있음을 감지하게 된다.

따가운 햇살을 가르며 여름을 건강하게 보낸 우리들의 마음에 이제는 풍요로운 가을이 조금씩 자리 잡아 가고 있다.

그동안 봄, 여름, 가을, 겨울 등 사계절이 매우 뚜렷한 우리나라는 정말 살기 좋은 곳으로 유명했다.

그러나 오존층이 파괴되면서 삼한사온이 서서히 사라져가고 있다. 다시 말해 계절에 대한 느낌이 과거와는 사뭇 다르다는 것이다.

봄은 봄다워야 하는 데 그렇지 않고 여름은 또 여름다워야 하는 데 그렇지 않다. 가을도 겨울도 마찬가지인 것 같다.

사계절이 정말 뚜렷한 우리나라와 같은 곳은 지구상에 하나도 없다. 사계절이 뚜렷하게 구분됨에 따라 우리나라 사람들의 건강도, 성장도 규칙적이었다.

그런데 오존층이 파괴되면서 계절이 뒤바뀌는 현상이 벌어지고 있다. 참으로 안타까운 일이 아닐 수 없다.

여름은 덥고 뜨거워야 하며 겨울은 눈보라가 몰아치고 살이 얼어붙을 정도의 맹추위가 찾아와야만 하는 게 여름과 겨울의 차이점이다.

그러나 이제는 봄과 가을이 짧아져 가고 있어 걱정 아닌 걱정이다. 옛날처럼 사계절을 확실하게 느낄 수가 없다. 확연히 줄어들고 짧아졌기 때문이다.

뜨거웠고 더웠던 여름을 이제 서서히 멀리하며 오곡백과가 무르익는 가을을 맞도록 철저히 준비하자.

결실의 계절인 가을에는 책도 한 권 읽고, 만나고 싶은 사람도 다시 찾아보자.

다사다난 했던 여름이 가고 시원한 바람이 불어오는 가을이 문 앞에 성큼 다가오고 있다.

풍요로운 가을을 맞이하기 위해서는 봄에 씨를 뿌리고 여름에

거름 주며 가을에 거둬들여야 추운 겨울을 행복하고 즐겁게 지낼
수가 있다.

행복을 주는 사람

세상을 살아가면서 누군가에게 '행복을 주는 사람'이라면 얼마나 좋을까 가끔 생각해본다. 그저 아무 조건 없이 상대방에게 행복을 주는 것처럼 귀한 일도 없을 것이다.

행복이란 '생활 속에서 만족과 기쁨을 느낀다.'는 사전적 의미를 갖고 있다. 일상생활 속에서 행복보다는 불행을 느끼면서 살 때가 너무도 많다. 그뿐만 아니라 가장 불행하다고 자평하는 사람이 점점 늘어나고 있어 이것 또한 걱정거리가 아닐 수 없다.

이제 주어진 현재의 삶 속에서 느끼는 행복이 값지다는 것을 잊지 말고 살아가는 마음자세가 필요하다. 행복이라는 것은 모든 것을 다 갖췄을 때 느끼는 것이 아니다. 뭔가 2% 부족한 것이 생겼을 때 진정한 행복이라고 보면 된다.

왜냐하면 2% 부족한 행복에는 채워주고 싶어 하는 사람이 반드시 나타나기 마련이다. 또 부족한 행복을 위해 노력도 기울일 수 있다. 100% 행복은 머지않아 불행의 늪으로 추락할 가능성이 많다고 생각한다.

특히 행복에 있어 게으름은 결코 용납되지 말아야 한다. 만약에 게으름이 용납된다면 행복을 포기하고 바로 불행을 시작하겠다는 것으로 보면 틀림없다. 게으름을 용납하느냐, 그렇지 않으면 용납하지 않느냐에 따라서 결과는 확연히 달라진다.

사람은 행복하다고 느끼며 살아갈 때 삶의 활력이 끝없이 생긴다. 그러나 자신이 불행하다고 느낄 때 행복은 '먼 나라의 선물'에 불과할 뿐이다.

우리가 살아가는 현 시대는 '행복을 주는 사람'이 절실하게 필요하다. 행복은 돈으로 살 수 있는 것이 절대로 아니다. '행복의 우물'을 파기 위해 노력을 기울여나가야 한다. 그리고 불행하다고 느끼는 사람들에게 행복을 전해주며 위로와 격려를 해줘야만 하는 것이다. '행복을 주는 사람'은 멀리 있지 않고 늘 가까이 있으며 험한 길도 마다하지 않고 같이 간다면 언젠가 즐거움과 아침 햇살이 비치게 된다.

행복을 받으려고 하지 말고 행복을 주려고 하는 사람으로 변해가야만 한다. 남편과 아내, 스승과 제자, 형제와 자매, 상사와 부하, 사장과 직원, 주인과 고객, 동네 이웃 등등이 해당되며 이외에도 굉장히 많다.

행복을 받는 것은 약하지만 행복을 주는 것은 그 강함이 영원하다.

손편지 한 장 써보는 즐거움

깨알 같은 글씨로 **빼곡하게** 채워 쓴 손편지를 받아본 기억이 있다. 이 손편지를 받아본 순간 배가 부르고 그 어떤 것도 부러운 게 하나도 없이 행복했다.

또 답장 손편지를 쓸 때에는 얼마나 생각을 많이 했는지 모른다. 아무도 표현하지 않은 손편지 내용을 담기 위해 유명한 수필가의 글이나 시인의 시구를 그대로 베끼기도 많이 했다.

남의 글을 인용하거나 혹은 베껴 쓰는 것은 '용서받을 수 있는 일'이라고 굳게 믿었다. 그렇기 때문에 그럴싸한 손편지 한 통 완성하는 것은 '식은 죽 먹기'보다 쉬웠다. 지금은 그저 하나의 추억거리로 남고 말았을 뿐이다.

몇 번씩 연습 끝에 손 아프게 손편지를 밤새 써서 보내고 나면 과연 답장은 어떤 내용으로 올까 무척 기다려졌다.

그러나 통신의 발달로 인해 손편지보다는 전화로 안부를 묻고 마는 시대가 도래 하고 말았다. 손편지 한 통으로 전하는 사랑의 메시지가 이제는 휴대전화기와 이메일로 바뀌더니만 트위터나 페이스북, 카카오톡, 카카오스토리, 인스타그램 등으로 점점 발전해 가고 있다.

이제는 사랑의 향기가 물씬 밴 손편지가 사라진 현실이 안타깝고 서글퍼지는 마음 감출 길이 없다. 몽당연필이나 펜촉으로 꾹꾹 눌러 쓴 손편지를 기억한다. 이런 손편지 한 통으로 보내는 사람이나 받는 사람의 성격과 필체 등이 바로바로 확인이 가능했었는 데 말이다.

특히 글씨 연습에 있어 손편지 쓰는 것만큼 좋은 방법이 없다고 본다. 하지만 손편지가 사라진 요즘 이루 말할 수 없이 현대인의 감성이 메말라버렸다고 느낀다.

자필로 손편지 한 통 써보는 시간을 갖는 것도 정서함양에 큰 도움이 되리라 믿는다.

구제역 속에 맞게 되는 설 풍속도

            2011년 새해가 시작된 지도 어느덧 한 달이 훌쩍 지나가고 말았다. 세월이 유수와 같다는 말이 참으로 실감나게 만든다.

지난해 11월 18일부터 새해 첫 달 내내 구제역이 끊임없이 발생함에 따라 축산 농가들의 시름 또한 깊어만 가고 있는 상태다.

현재 충남북 축산 농가에서 구제역이 일어난 가운데 소와 돼지 그리고 닭 등이 계속 살처분되고 있어 그 안타까움이 하늘을 찌를 정도다.

이제 오늘 하루만 지나면 우리 고유의 민족 최대 명절인 설 연휴가 시작된다. 설 명절 연휴를 하루 앞둔 이 시간까지도 구제역 확산 방지에 온갖 구슬땀을 흘리고 있다.

설 명절을 앞둔 날에는 모든 사람들이 들뜨게 마련이다. 왜냐하면 고향을 향해 가는 발걸음이 가벼울 뿐 아니라 부모형제를 만난다는 설렘 때문일 것이다.

그러나 이런 설렘은 올 설에는 찾아볼 수 없을 것 같다. 각 자치단체장이 앞 다퉈 구제역 확산 방지를 위한 '설 고향방문 자제 담화문'을 속속 발표하고 있다.

그동안 어려운 세파에서 상처받은 영혼을 달래고 고향의 푸근한 정을 다시 한 번 맛보기 위해 많은 사람들이 고향 가는 길에 나서는 것이 명절의 진풍경으로 익숙해져 왔던 게 사실이다.

특히 올 설에는 구제역으로 인해 고향방문을 자제하는 사람이 많을 것으로 전망된다. 고향에서 부모형제와 만나 '행복한 웃음 보따리'를 풀어 놓지는 못한다 하더라도 구제역이 더 이상 확산되지 않는다면 이보다 더 좋은 일은 없지 않겠는가라는 생각이 물밀 듯 먼저 떠오르고 있다.

많은 사람들이 구제역으로 인해 고향방문을 하지 못하고 외롭고 쓸쓸하게 보내게 될 것이 눈에 선하지만 마음만은 따뜻하고 포근한 고향에 가 있기를 솔직하게 기원해본다.

결실에서 오는 기쁨

                  지금 들녘에는 오곡백과가 넘실거리고 있다. 그리고 산천초목이 온통 단풍으로 자태를 드러내고 있다. 이런 자연을 허락해주신 신(神)께 진심으로 감사드린다.

  가을은 더 이상 고독의 계절이 아니다. 우울하고 서글픈 마음을 과감히 벗어던져야 한다. 낙엽이 지는 가을에 봄과 여름을 잘 지내고 겨울을 준비할 수 있도록 결실의 계절을 허락하신 신께 진심으로 고마운 마음을 드려야 한다.

  봄에 씨를 뿌리고 여름에는 병충해를 막아주고 가을에는 풍성히 거둬들이는 농부의 마음을 우리는 알아야 할 것이다. 이 농부의 마음은 얼마나 행복하고 기쁠까.

열심히 씨앗을 뿌리고 사랑과 정성을 모아 잘 가꿔 온 것들이 풍성한 열매로 보답할 때 그 기쁨은 두 배로 다가온다.

결실 없는 삶은 의미가 없다. 그러므로 풍성한 결실을 위해서는 노력과 정성이 밑바탕 돼야 한다. '자격미달 인생'보다는 '합격 인생'을 위해 불철주야 노력해야 할 것이다. 물론 이런 노력은 말로만 가능한 것이 아니다. 수많은 고난과 고통이 따른다. 이런 고난과 고통을 견뎌나간다면 머지않아 영광스런 결실을 맛보게 된다. 그 결과 얼굴에는 '함박웃음'이 그치지 않고 계속 이어질 것이다.

이 모습을 보는 주변 사람들도 행복한 미소를 짓게 된다. 그래서 결실의 계절은 인생을 풍요롭게 만들어준다. '풍요로움'이라는 것은 노력을 반드시 동반해야만 이뤄지는 법이다.

이제는 나를 위한 결실 차원에서 이웃을 위한 결실 차원으로 한 단계 업그레이드 돼야 한다. 그래야 세상은 살맛나기 때문이다.

자살이 넘쳐나는 세상, 이대론 안 된다

　　　　　　　　　현재 대한민국 사회는 매우 심각한
문제들이 연일 발생하고 있어 이루 말할 수 없이 마음이 무겁다.
그것은 다름 아닌 너무도 쉽게 생명을 달리하기 때문이다.

　사람의 생명은 신이 부여해 준 값진 선물이다. 이 선물을 잘 간
직해나가는 것이 신께 우리 사람이 할 수 있는 최선의 보답이라
고 생각한다. 선물이라는 것은 받을 때만 기분 좋은 것이 아니라
끝까지 변함없이 간직하는 것이 중요하다. 선물의 가치는 가격에
있는 것이 결코 아니다. 정성이 깃든 선물이 사람의 마음을 감동
시키는 것처럼 신의 마음을 감동시켜 드리는 것은 바로 생명을

아름답게 보전하는 것이다.

이것을 반드시 명심해야 한다. 세상이 점점 개인주의화 되면서 참을성이 사라지고 이해심마저 먼 여행을 떠나버린 지 오래됐다. 그래서 많은 사람들이 생명을 헌신짝 버리듯이 하고 있는 것이다. 참으로 안타깝고 서글픈 일이 아닐 수 없다.

설령 죽을 수밖에 없는 상황에 처할지라도 다시 한 번 용기를 내 인내하는 마음이 절실하다. 단 한 번뿐인 삶을 아무런 의미 없이 떠난다면 차라리 태어나지 말았어야 했다고 감히 말하고 싶다.

대한민국이 점점 '자살공화국'으로 전락하고 있다. 이런 오명을 씻기 위해서는 '생명존중' 풍토가 물밀 듯이 다가와야 한다. 그럴 때 살맛나는 세상이 되며 행복한 삶이 이어지게 되는 법이다.

오늘도 수많은 환자들이 병상에서 사투를 벌이고 있다. '죽기 위해서 사는 것이 아니라 살기 위해 안간힘을 쏟는다'는 사실을 가슴속 깊이 새겨두자. 자살하려는 마음이 들거든 하루라도 생명을 연장하고 싶어 사투를 벌이고 있는 병상에 누운 환자들을 찾아보는 것도 좋은 방법 중의 하나다. 그런 가운데 생명을 소중히 여기는 마음을 갖게 된다.

자살이 넘쳐나는 세상, 이대로는 안 된다. 철저한 예방책을 강

구해야 하며 죽음으로만 모든 것이 해결된다는 사고방식을 완전히 바꿔야 한다.

참 행복은 어디서 오는가?

모든 사람들은 언제나 행복하기를 바라며 살아간다. 아프지 않고 슬프지 않고 그저 기쁘고 감사하게 말이다.

행복한 것을 싫어하고 사는 사람은 아무도 없다. 사람이 일평생 살면서 가장 기대하는 것은 바로 행복한 삶을 누리는 것이다. 이렇게 살기 위해서 열심히 땀 흘리고 있다. 행복이라는 것은 가만히 앉아 있다고 해서 오는 것은 절대로 아니다. 행복은 항상 노력하는 가운데 얻게 된다.

행복이라는 것은 물질적인 풍요에서 오는 것이 아니다. 물질적으로 느끼는 행복은 언젠가는 없어지고 만다. 또 사라진 행복의 자리가 그렇게 허망할 수가 없다.

참 행복이라는 것은 서로 베풀고 감싸주며 인정하고 도와주는 것이라고 말할 수 있다. 만약에 이런 것들이 배제돼 있다면 행복의 가치는 없게 되는 것이다.

참 행복이라는 것은 순간적인 것이 아니라 영원한 것이다. 이것은 절대로 변하지 않는다. 행복은 움켜쥐는 것으로만 만족하는 게 아니다. 반드시 나눠야 한다. 행복을 나눌 때 그 기쁨은 이루 말할 수 없고 또 그 크기가 엄청나다.

우리가 따뜻하고 건강한 겨울을 보내기 위해서 두꺼운 점퍼를 준비하는 것처럼 참 행복을 유지하기 위해서는 '보온 복'을 준비해야 한다. 그것은 다름 아닌 '나눔'이다. 이 나눔은 처음에는 적지만 시간이 지날수록 커지기 시작한다. 그래서 서서히 행복이 흘러나오기 시작한다. 이것이 진정한 행복의 모습이다. 소소한 일상의 참 행복을 느끼며 살아가는 세상을 만들어보자.

새해에 간절히 드리는 기도

2017년 새해가 밝았다. 너도나도 하나 돼 희망차게 한 해를 시작하려고 다짐한다. 지난해에 하지 못한 일들을 새해에는 꼭 이룰 수 있도록 기도드린다.

한 해를 보내고 또 다른 해를 맞이하는 기분은 언제나 설레고 희망에 부풀어 있다. 좀 더 발전되고 알차게 살아가려고 마음속 깊이 생각하기 때문이다.

하루를 의미 있게 살아가려고 한다면 한 시간을 열심히 계획하고 투자해야 한다. 그리고 한 달을 아름답고 소중하게 보내기 위해서는 일주일을 체계적으로 보내야 한다. 또 일 년을 정말 아무

탈 없이 보내려고 한다면 한 달 한 달을 잘 살아나가야 하는 것이다.

높은 곳을 오르내리기 위해서는 사다리나 계단을 한 칸씩 건너야 하듯이 세월도 한 박자 천천히 가야 한다.

우리가 살아가는 세상에는 순서가 있고 시간이 존재한다고 말할 수 있다. 모든 사람들 앞에서 멋지고 아름답게 보이기 위해서는 옷의 첫 단추를 제자리에 맞게 끼워야 하는 것은 어린아이도 안다. 만약에 순서에서 어긋난다면 그 모든 것은 일순간에 망쳐지고 마는 것이다.

새해에는 이웃을 사랑하고 봉사하는 삶을 살기 위해서 노력해야 한다. 모든 것을 새롭게 시작하는 이 새날의 아침에 드리는 간절한 기도가 한 해의 끝자락에서는 모두 성취되는 역사를 기록하도록 애써야 한다.

항상 처음은 기쁘고 감사하고 활기찬 것이다. 그래서 큰 희망을 갖고 앞으로 나아가게 된다.

2부

시작은 참으로

아름다운 일이다

시작은 참으로 아름다운 일이다

어떤 일을 하는데 있어서 시작은 마음을 설레게 한다. 그리고 많은 것들이 아름답고 좋게만 보인다. 다시 말해 신선하고 순수하게 보이기 때문이다. 그렇지만 종종 실망할 때도 있게 마련이다. 그러나 좌절하지 않고 꿋꿋하게 견뎌 나간다면 곧 확실한 결과를 가져올 수가 있다.

날마다 변화하는 시대 속에서 언론의 제 역할을 감당하는 곳은 얼마나 될까? 머리에서 쉽게 떠나지 않는 나의 솔직한 마음이다.

우리나라에는 이루다 말할 수 없는 수많은 언론매체가 있다, 여기에서 쏟아져 나오는 각종 정보들을 하나로 묶는다는 것은 심히도 어려운 일이다.

오늘과 내일 그리고 모레 시간이 지나감에 따라 언론매체의 모습이 확 바뀌지 않는다고 본다. 즉 '영원한 만족'이라는 것은 없다.

내가 30년 가까이 언론인 생활을 하면서 느낀 것은 '그 밥에 그 나물'이라는 구조 속에서 살아가고 있다는 것이다. 이제는 이러한 굴레에서 과감히 벗어나 '창조의 색다른 맛을 제공하는 언론매체'가 되고자 노력하고 있다.

전혀 거부감을 갖지 않고 언제 어디서나 보고 읽음으로써 '전혀 다른 새로움'을 전해주는 언론매체로 자리매김했으면 하는 마음이 간절하다.

시작이라는 것은 참으로 아름다운 것이다. 무거운 짐을 혼자서 지고 가려고 할 때는 몇 번씩 쉬었다가 가야 하지만 옆에서 한두 명이 거들어준다면 한 번도 쉬지 않고 목적지까지 쉽게 갈 수 있다. 포기만 하지 않는다면 반드시 좋은 결과를 가져오게 된다.

성씨(性氏)에 따른 기자 해프닝

성씨(性氏)로 인한 기자들의 해프닝
이 있다. 세상에서 한 번도 지지 않고 사는 기자가 있다. 그는 바
로 이(李)씨 기자. 평생 지는 것을 한 번도 경험하지 못하는 자 중
의 하나다.

또 선배나 상사에게 예의 없다고 낙인찍힌 기자가 있다. 바로
계(桂)씨. 사(司)씨, 안씨 기자 등이다.

이와 함께 무서운 기자로 통하는 자가 있다. 바로 주(朱)씨와
피(皮)씨다.

신체적으로는 남자 기자이지만 항상 여자 기자로 살아가는 불

쌍한 자도 있다. 바로 여(呂)씨다. 그런 반면에 감탄형 기자와 보석 기자도 있다. 바로 오(吳)씨와 금(金)씨, 은(殷)씨다.

승진을 꺼리는 기자가 있다. 바로 주씨가 차장이 되면 주차장이 되고 만다.

천 기자나 변 기자가 세월이 흘러 승진하게 되면 천 부장, 변 부장, 변 국장, 천 국장이 된다. 조금 냄새가 나서 멀리하고 싶은 자 중에 하나에 해당된다.

동물 기자도 있다. 바로 양(梁)씨와 소(蘇)씨 등이다.

이처럼 성씨로 인해서 기자생활 하는 동안 희노애락을 다 경험한다. 영원히 지워야 할 것이 있고 또 영원히 간직해야 할 것이 있다.

그래서 그런지 기자라는 직업은 좋은 성씨를 갖고 시작하면 성공할 수 있지만 특이한 성씨를 갖고 입문하게 되면 여러 가지 해프닝을 겪게 된다.

이런 해프닝 속에서 기자들의 애환과 보람이 상존하게 되는 것이다. 그래서 기자라는 직업은 아무나 가져서는 안 되며 전문지식을 습득하고 입문해야 한다.

기자와 출입처

일간신문이나 방송사 또는 통신사에 근무하는 기자는 출입처가 있다. 이 출입처에 근무하는 직원들이 기자들의 주된 정보원이 되며 취재대상이 된다.

특히 기자들이 편하게 기사를 작성하기 위해서는 기자실이 있는 출입처를 배정받는 것이 무엇보다 중요하다.

출입처 홍보부서(공보실)에서는 일명 '보도자료'라는 것을 제공한다. 요즘은 기자 이메일로 대부분 전송되고 있다. 이 '보도자료'를 참고로 기사를 작성해야 한다. 반드시 확인을 거쳐서 기사를 작성하고 보도가 될 때 오보가 나는 것을 예방 할 수 있다.

또 기자는 취재원을 보호해야 하는 책임이 주어진다. 이를 대수롭지 않게 생각하면 낭패를 보기 십상이다. 그렇기 때문에 사안이 심각한 기사일수록 신중에 신중을 기해서 다뤄야 한다. 오보 기사나 혹은 편파적 보도로 인해 기자와 출입처 사이에 갈등이 증폭된다면 이처럼 안타까운 일이 없기 때문이다. 사실에 입각한 기사는 독자들로부터 신뢰를 얻지만 악감정이 개입된 편파적인 보도는 외면당하게 마련이다.

기자와 출입처는 '악어와 악어새' 관계라고 생각한다. 즉 때로는 도움을 주기도 하지만 때로는 불편함도 안겨준다. 그럼에도 불구하고 '공생'해야 하는 것이다.

기자가 예의를 갖추고 출입처 관계자들에게 다가선다면 좋은 정보뿐만 아니라 대인관계에 있어서도 결코 손해 볼 일은 생기지 않는다. 이것이 바로 마이너스 기자 인생으로 가는 길이 아닌 플러스로 가는 기자 인생으로 탈바꿈하는 것이라고 본다.

기사 작성에 대한 노하우

과거 기사 작성에는 '6하 원칙'이 적용됐다. 즉 누가(Who), 언제(When), 어디서(Where), 무엇을(What), 어떻게(How), 왜(Why) 등이다. 이 원칙에 맞게 기사를 쓰도록 철저히 선배로부터 교육받았던 기억이 선명하다.

간혹 이 원칙이 적용되지 않은 채 기사 작성을 해 혼난 적이 한두 번이 아니었다. 눈물 콧물 흘리며 그만 두려고 마음먹었던 적도 여러 번 계속됐다. 하지만 몇 번의 핀잔을 거울삼아 6하 원칙에 맞게 기사를 작성하다보면 종종 잘 쓴다는 칭찬도 들었다. 이럴 때는 입가에 미소가 저절로 흘러 넘쳤다. 그런 까닭에 몇 십

년째 기자생활을 유지하고 있는가보다.

모든 인간사에도 원칙이 있듯이 기사를 작성하는 데도 원칙이 꼭 필요하다. 현재 기사 작성에 있어서는 6하 원칙이 아닌 3원칙 (누가, 어디서, 무엇을)이면 충분하다.

기사 작성에 있어서 잘 쓰려고 노력하지 말고 사실 전달에 신경 써야 한다. 다시 말해 진실보도가 생명이다. 이것을 명심해야 할 것이다. 아무리 원칙에 맞게 기사 작성을 한다고 해도 '공정 (公正)'이나 '진실(眞實)'이 빠져 있다면 기사로서 가치를 상실하게 된다.

사실 정확한 기사를 작성하고 보도하려는 마음 자세를 가져야 한다. 이 마음 자세에서 '3원칙'이 그대로 지켜진다면 금상첨화 (錦上添花)라고 해도 과언(過言)은 아니다.

쉼

사람이 살아가는데 있어 쉼은 참으로 필요한 것이다. 이를 통해 에너지를 재충전하고 다시 한 번 자신을 되돌아볼 수 있기 때문이다. 그리고 그 어떤 일이건 다 잘할 수 있는 자신감이 생기기 마련이다.

무의미한 쉼은 나태를 조장하지만 의미 있는 쉼은 일의 탄력을 안겨준다. 그래서 쉼은 꼭 있어야 하고 반드시 가져야 한다. 쉼을 통해 새로운 전략과 부족한 부분을 체크하는 기회로 삼는 것도 좋을 것 같다.

혼자만의 쉼이 아니라 여럿이 함께하는 쉼이라는 것은 많은 정보를 공유뿐만 아니라 조언도 들을 수 있는 장점을 갖고 있다. 이처럼 여럿이 쉼을 함께 가진다면 그 쉼의 의미도 살아나고 또 재충전의 활력도 가져올 수 있다.

사람이나 기계나 계속해서 사용만하고 쉼을 갖지 않는다면 반드시 고장이 나기 십상이다. 고장이 일어났을 때 후회하면 이미 때는 늦고 만다. 그렇기 때문에 망가짐을 예방하기 위해서는 쉼이 무엇보다 필요하다. 이 쉼을 통해 다시 정비하고 확인하고 그러면 되기 때문이다.

쉼은 그동안 빼앗겼던 영양분을 보충하고 계획했던 모든 일을 건강하게 이뤄내기 위해서 거쳐야 하는 관문 중의 하나다. 이 관문을 무사히 통과할 때 머지않아 그 결실은 오게 되는 법이다.

이제 이것을 생각하며 쉼도 확실하게 일도 열심히 하는 자세를 갖도록 하자.

만남과 이별

우리는 삶 속에서 만남과 이별을 계속 반복하며 살아간다. 만남은 마음을 설레게 하며 큰 기대감을 갖도록 해준다. 그래서 만남으로 인해 기쁨이 배가 되고 또 희망을 걸 수가 있다.

좋은 만남으로 인해 인생 자체가 탄탄대로를 걸어갈 수 있는가 하면 그릇된 만남으로 인해 인생의 쓴맛을 톡톡히 겪는 경우도 종종 있게 마련이다. 그렇기 때문에 만남이라는 것은 인생에 있어 매우 중요하다. 그저 아무렇게 만남을 유지해서 안 된다. 이런 만남은 애초에 무 자르듯 잘라 버려야 한다. 그래야 뒤탈이 없다.

만남을 지속했다가는 오히려 속앓이만 가중되고 만다.

말로만 좋은 만남이 이뤄지는 것은 아니다. 좋은 만남을 위해서는 무엇보다도 주변 정리가 필요하다. 꼭 이렇게 할 때 좋은 만남이 성사된다. 이 좋은 만남을 유지하기 위해서는 때로는 희생도 감수해야 하며 또 신뢰성 유지가 전적으로 필요하다.

반면에 이별은 인생에 있어 아픔 그 자체를 가져온다. 그동안 듬뿍 배인 정을 어떻게 할 것인가 고민으로 남는다. 이별의 수렁에서 빠져나오지 못한다면 그 인생의 밝음은 저 멀리 두고 어둠에 그대로 사로잡힌 결과를 낳는다.

이별은 서글프지만 추스르려는 용기가 있어야 가능하다. 눈물과 콧물 흘리며 정에 이끌려 삶의 의욕을 잃고 지낸다면 이것 또한 불행의 연속이라고 생각할 수 있다.

이 같은 이별을 거울삼아 좋은 만남을 이루기 위해 각고의 노력을 기울여야 한다.

만남과 이별은 인생에 있어 꼭 거쳐야 하는 과정이라고 본다. 이런 과정을 얼마나 잘 견뎌나가는가에 따라 인생의 나이테 숫자가 하나하나 불어나게 된다. 만남과 이별은 신이 우리 인간에게 부여해주신 아주 귀한 선물이다.

책 읽기 운동

해가 갈수록 책 읽는 숫자가 점점 줄어들고 있어 걱정이 이만저만 아니다. 독서 인구가 많으면 많을수록 지적수준이 높은 나라로 평가받는 이야기가 이제는 구시대의 산물(?)처럼 여겨져 마음 또한 편치 않다.

그 전에는 어린아이로부터 어르신에 이르기까지 손에 책 한 권 들려 있는 모습을 접할 때 얼마나 기쁜 마음이었는지 모른다. 그러나 요즘 어르신이나 청소년이나 누구를 막론하고 손에 책보다는 휴대폰이 들려 있는 모습을 목도하게 된다. 참으로 안타깝고 서글퍼지는 마음 금할 길이 없다. 1년 동안 책 한 권도 읽지 않는

국민이 늘고 있다는 반증이다.

우리는 책을 읽을 때 지식뿐 아니라 각종 유용한 정보 공유와 과거로부터 현재에 이르기까지 간접경험을 제대로 할 수 있다. 이것이 책 읽기의 장점이다.

이제 책 읽는 습관을 부활시켜야 한다. 어릴 때부터 책 읽는 습관을 가진다면 얼마나 좋을까 다시 한 번 생각한다. 밥을 먹지 않아도 배가 부를 것은 자명하다.

책 읽기는 인생을 이전보다 풍요롭게 만들어준다고 믿는다. 그래서 무엇보다 책 읽기에 앞장서야 한다. 책 읽기 운동이 끊임없이 전개될 때 삶의 활력은 생기게 된다. 책 읽는 인생은 영원히 식지 않는 태양처럼 그 삶 속에 열정이 지속되리라 기대한다.

첫 단추 제대로 끼우기

옷을 입을 때 첫 단추를 제대로 끼우지 않으면 이루 말할 수 없이 어색하다. 그리고 아무리 좋은 옷이라고 해도 전혀 폼이 나지 않는다. 첫 단추를 잘 끼울 때 옷매무새가 그대로 살아난다. 단추가 제대로 끼워져 있으면 단정한 옷차림이라 할 수 있다. 그리고 모든 사람이 미소 가득한 얼굴로 대하게 된다.

우리네 삶에 있어서도 첫 단추를 제대로 끼우지 못하는 경우에는 일 자체가 다 그르치고 만다. 그러므로 일에 있어서도 첫 단추가 그만큼 중요하다. 어떻게 첫 단추를 끼우느냐에 따라 그 결과는 확실하게 달라진다.

옷을 입을 때나 혹은 일을 할 때 순서를 무시하고 하게 되면 모든 것이 엉망이 되고 만다. 이를 방지하기 위해서는 옷의 첫 단추를 잘 끼우고 또 일에 있어서도 순서를 정확하게 지키면 되는 것이다.

대충하면서 여유를 가지면 안 된다. 첫 단추를 잘 끼우게 되면 모든 일은 순조롭게 진행되고 만다. 하지만 억지로 단추를 끼우면 단춧구멍이 남는다. 그리고 옷 자체가 엉성하게 된다. 일도 대충하면 그 결과는 실망 그 자체로 다가온다.

첫 단추를 신경 써서 끼우도록 노력하자. 이것은 노력하면 가능하다. 다시 말하면 조바심만 갖지 않으면 즉시 해결된다. 모든 것을 서두르게 되면 일이 성사되기보다는 그르치게 되는 것은 삼척동자도 다 안다. 좋은 결과를 기대한다면 첫 단추 제대로 끼우기에 올인하도록 하는 것이 그 무엇보다 중요하다.

하늘 바라보기

        하루에도 하늘을 몇 번 정도 바라보며 살고 있나요? 너무 일상이 바빠서 하늘 쳐다 볼 시간적 여유가 하나도 없다고요. 그저 땅만 바라보며 하루하루를 지내고 말아요. 이런 삶은 무료하고 삭막함밖에 없어요. 이제 맑은 눈으로 하늘을 바라보는 시간적 여유를 가져보세요. 이렇게 하늘을 바라보면 수많은 희망의 기도를 드릴 수 있다.

  푸른 하늘과 하얀 구름을 보고 또 날아가는 새들을 보며 자연에 대한 경이로움을 갖게 될 뿐만 아니라 상상의 나래를 펼 수가 있다. 고개 숙인 모습보다는 하늘을 향한 모습이 훨씬 더 여유롭게 느껴진다.

매일매일 그 하늘이라 할지라도 전혀 똑같지가 않은 것을 발견하게 될 것이다. 자연은 시간이 지나면 변하기 시작한다. 다만 무딘 우리 인간이 그것을 제대로 감지하지 못하기 때문이다.

그렇다 하더라도 하루에 한두 번은 하늘 바라보기를 꼭 해야 한다고 생각한다. 목운동한다는 마음으로 땅만 바라보지 말고 하늘 바라보기에 앞장서보자. 한결 몸도 가벼워지고 건강도 챙길 수 있는 절호의 기회가 될 것으로 기대해본다.

하늘 바라보기가 어려운 세상을 살아가는 우리들에게 작은 희망의 불씨를 틔울 수 있는 기회로 작용했으면 하는 마음이 간절하다.

계획표 세우기

사람이 계획표에 따라 움직일 때 그 결과는 판이하게 달라진다. 모든 일을 체계적으로 할 수 있고 또 시간을 절약할 수도 있다. 그래서 계획표 세우기는 삶에 있어서 꼭 필요한 것이다.

만약에 계획표를 세우지 않고 무슨 일이든지 하게 된다면 중복된다거나 아니면 원하는 결과를 가져올 수가 없다. 계획표에 따라 일을 진행시켜 나갈 때 미비한 부분을 체크할 수 있고 또 수정도 가능하다.

무계획은 삶을 피폐하게 만들 뿐만 아니라 의욕상실을 가져온다. 희망적으로 일을 해야 하는 마음이 용솟음쳐야 하는데 전혀 그럴 수 없는 상태를 말한다. 이런 상태는 삶 속에서 겪지 말아야 할 것 중의 하나다.

계획표에 따라 일이 착착 진행될 때 오는 기쁨은 그 무엇과도 견줄 수가 없다. 그만큼 기쁨이 대단하다. 이런 기쁨과 보람을 느끼도록 한 번쯤은 노력해보자.

모든 것들이 계획대로 다 이뤄진다면 얼마나 좋겠는가. 하지만 삶 속에서는 우여곡절이 생기기 마련이다. 이것 또한 견뎌나가야만 하는 것이 중요하다. 포기해서는 안 된다. 끝까지 참고 진행시켜나간다면 원하는 목표에 근접하게 된다는 것을 명심하자.

계획표를 제대로 세우고 일을 진행하면 결과는 더 낫게 나타날 것이라고 기대하면서 실천에 옮겨보는 데 앞장서보자.

올라갈 때와 내려갈 때

등산할 때마다 경험하는 일은 힘들게 올라가야 하는 길을 만나게 된다. 땀을 뻘뻘 흘리며 정상을 향해 올라가는 길은 무엇보다 인내력이 필요하다. 도중에 하차하게 되면 정상을 밟아보지도 못하고 아쉽게 내려와야 하는 결과를 낳게 된다.

그러나 힘겨울지라도 참고 끝까지 올라가다보면 정상이 눈앞에 다가온다. 정상에 서서 얼굴에 맞는 바람은 시원할 뿐만 아니라 그 어느 때보다도 부드럽게 느껴질 것이다. 정상에서만 맛보는 이 시원한 바람과 저 아래에 펼쳐진 시가지 모습은 너무도 시리고 아름답다.

정상을 정복하고 내려올 때는 몸에 힘이 빠져 그만 주저앉고 싶지만 그래도 조심해서 내려와야 한다. 내려와야만 또다시 용기 내서 정상을 향해 올라갈 수 있기 때문이다. 내려올 때는 올라갈 때 힘들었던 것을 생각하면 조금은 위로받을 수 있다.

우리네 삶도 정상을 향해 올라갈 때가 있으면 반드시 내려갈 때가 있다. 이것을 어느 누가 외면할 수 있는가. 그럴 수 없다. 이것은 삶의 변함없는 이치라고 할 수 있다.

올라감과 내려감은 삶의 굴곡과도 같다. 이런 리듬을 제대로 타야 인생을 멋지게 살아갈 수 있다고 본다. 굴곡 없는 인생은 아주 편하고 좋을 것 같지만 꼭 그렇지만은 않다. 약간의 긴장감을 갖도록 하는 올라감과 내려감이 반복되는 것이 좋다.

이름

'호랑이는 죽어서 가죽을 남기고 사람은 죽어서 이름을 남긴다.'는 속담이 있다. 후세에 동물은 가죽을 남기지만 사람은 이름을 남긴다. 좋게 이름을 남긴다는 것은 그 집안의 영광이며 큰 보람이다. 모든 사람이 이것을 위해서 최선을 다하며 살아가고 있다.

그러나 좋지 않는 이름을 남기는 사람들도 종종 등장한다. 이것은 집안 망신이며 후대에게 절대 물려줘서는 안 된다. 집안의 평화는 찾아볼 수가 없고 여기저기서 불화만 일어난다.

잘 되는 집안에는 좋지 않은 이름을 남기는 자가 하나도 존재하지 않는다. 왜냐하면 축복은 되는 집안에 신이 허락하신 선물이기 때문이다. 반면에 안 되는 집안은 무엇인가 그냥 이뤄지는 것이 하나도 없다. 모든 것이 위태위태하다. 그 이유는 안 좋은 이름 때문으로 풀이된다. 이것은 신의 축복 아닌 저주 그 자체라고 해도 과언은 아니다.

우리는 살아가면서 좋은 이름으로 인해 풍성해지고 부유해지는 결과를 누리며 살아가야 할 존재라는 자부심을 갖자. 이것은 가만히 앉아 있다고 해서 이뤄지는 것은 아니다. 또 좋은 이름을 남기기 위해서는 각고의 노력이 밑받침돼야 한다. 노력을 통한 결과는 반드시 좋게 나타나는 법이다.

좋은 이름으로 인해 집안이 번창하고 기쁨이 넘치며 삶의 활력이 일어나도록 우리 모두가 앞장서자.

사람이 살아가면서 명성을 날리며 집안을 일으키고 후세대에게 좋은 가풍을 길이 남겨주는 것은 인생 최대의 축복이다. 이 축복을 간직하기 위해서 한 걸음 한 걸음 곧게 걸어가는 모습을 반드시 보여줘야 한다.

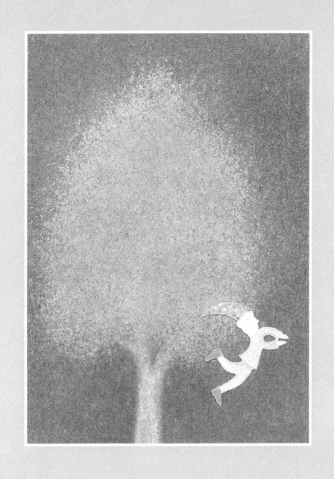

3부

살아 있음에 진정
행복하다는 생각

참새와 허수아비

봄에 씨를 뿌리고 여름 내내 약을 치며 노심초사했던 농부의 마음은 수확철인 가을에 풍요롭게 된다. 튼실하게 영근 곡식을 바라보는 농부의 심정은 행복하지 않을 수가 없다. 노랗게 물든 벼이삭의 낱알을 보며 밝은 미소를 얼굴 가득 띠게 마련이다.

오곡백과가 풍성한 가을을 맞이하기 위해서는 무엇보다 먼저 해야 할 일이 하나 있다.

그것은 다름 아닌 참새떼를 저 멀리 쫓아내야 하는 것이다. 만약에 참새를 제때에 쫓아내지 못하면 한 해 농사는 망치고 말게 된다. 그렇기 때문에 참새떼를 쫓아내기 위해 대책을 반드시 세워야 한다.

특히 사람이 일일이 참새떼를 쫓을 수가 없어 그 대용물로 허수아비를 만들어 세우는 것이다. 사람처럼 허수아비를 세워 놓으면 참새떼들이 가까이 오지 못하고 주위만 맴돌다 그냥 날아가 버리고 만다.

참새떼 입장에서는 오고 싶어 안달이 날 성싶다. 벼이삭 낟알 몇 개 쪼아 먹는 것보다는 아마도 허수아비가 그리워서 날아온 게 아닐까.

왜냐하면 너무 잘 생겨서거나 아니면 최첨단 패션을 걸고 있기 때문이라는 생각이 머리를 스친다.

하지만 21세기를 살아가는 요즘 참새떼도 닳고 닳아서 허수아비에 속지 않는 것 같아 보인다. 한 해 농사를 잘 짓기 위해서는 농촌에서 최첨단 장비를 총동원하고 있는 추세다.

드넓은 논에 각종 멀티미디어 장치를 설치하고 참새떼와의 사투를 벌이는 것이 종종 목격되고 있다. 이런 광경을 보고 있으면 조금은 정감이 사라진 농촌의 모습에 안타까운 마음마저 든다. 참새떼도 먹고 살아야 하는데…… 이것이 인지상정임을 누구나 알고 있다.

점점 더 삭막해지는 도시의 일상 속에서 한 번쯤은 과감하게 벗어나 가까운 농촌 들녘으로 달려 나가 맑은 공기를 들이 마시며 옛 추억에 젖어보는 것도 가을 속에 낭만이 아닐까.

어려운 이웃에게 관심을 갖자

세상에는 이루 말할 수 없이 어려운 사람들이 많다. 이러한 사람들을 '불우이웃'이라고 말한다. 즉 소외된 사람들에게 희망을 안겨주고 사랑을 베풀어야 한다.

이러한 행동이 뒤따르지 않을 때 세상은 참 살아가기가 팍팍하고 힘들게 된다.

옛말에 '이웃사촌'이라는 말이 있다. 이 말은 국어사전에 서로 이웃에 살면서 정이 들어 사촌 형제나 다를 바 없이 가까운 이웃을 뜻한다. 그래서 '이웃사촌'은 만나면 반갑지만 또 헤어지면 서운할 수가 있다.

이제 나보다 좀 어렵게 살아가는 이웃에게 사랑과 관심을 가질 때 세상은 살맛나게 되는 법이다.

혼자서 세상은 살아갈 수가 없다. 항상 이웃과 함께 살아가야 그것이 세상의 이치요 세상의 모습이다.

소외된 사람들에 대해 찬바람이 불어오는 이 시간 다시 한 번 생각하자. 그들을 위해 작은 손길을 펼 수 있다는 행복감 말이다.

이웃에 대한 사랑이 진정으로 많아질 때 세상은 살만하다. 왜냐하면 그것은 또 다른 사랑이 끊임없이 찾아오기 때문이다. 일회성 관심보다는 꾸준히 사랑을 나눠줄 때 세상은 좀 더 우리에게 다가올 것이다.

얼마를 갖고서 생색내기보다는 소리 없이 도와주는 손길이 돼야만 한다. 드러내지 않고 하는 선행이 세상에는 필요하다.

이런 이웃 사랑을 실천하자. 특히 말이 앞서기보다는 행동으로 옮기는 자세가 무엇보다 절실하다.

가정의 달 5월

계절의 여왕인 5월을 맞았다. 이번 달에는 어린이날(5일), 어버이날(8일), 스승의 날(15일), 부부의 날(21일) 등 이루 다 열거할 수 없는 기념일들로 가득하다.

먼저 어린이날을 맞아 천진난만한 어린이들이 이 땅에 태어나고 튼튼하게 자라서 나라의 큰 기둥이 되기를 기원해본다. 어린이의 맑은 눈망울 속에 내일의 희망이 불타오르고 있으며 순박한 웃음에는 사랑이 조용히 움터 나온다. 또 오색찬란한 꽃들이 여기저기 만발해 향기가 진동하고 있다. 가정에서도 이와 같이 어린이의 웃음소리가 흘러나와야 한다. 어린이의 웃음이 사라진 것처럼 가슴 아프고 슬픈 일은 아마 세상에 없을 것이다. 어린이는 나라의 보배요 가정의 귀한 선물이다. 어린이를 잘 양육하고 훈육하도록 노력해야 할 것이다.

어버이날을 맞아 부모님의 지극한 사랑을 다시 한 번 생각해봐야 한다. 부모님이 살아계시기 때문에 행복하고 즐거웠다는 사실을 말이다. 철없던 시절에는 전혀 이런 점을 깨달을 수가 없었다. 그러나 조금씩 나이가 들어 결혼하면서 애를 낳고 키우며 부모님의 눈물어린 사랑을 알게 됐다. 부모님이 살아계실 때 지성으로 섬기기를 다해야 할 것이다, 때를 놓치면 영영 후회하게 된다. 이것을 명심해야 한다. 한평생을 자식을 위해 온갖 희생하신 부모님 얼굴 한 번 살펴보는 기회로 삼아보는 것도 좋을 듯하다.

스승의 날을 맞아 가르침을 통해 배움을 알게 해주신 은혜를 감사해야 한다. 예전에는 스승을 존경하는 풍토가 지배적이었다. 하지만 오늘날에는 스승은 안 계시고 선생이 존재하는 세상이 돼 참 씁쓸하다. 바르고 착하게 살아가도록 타일러 주신 스승을 떠올려 보며 감사의 기도를 드려야 함이 마땅하다고 느낀다. 스승의 그림자는 밟지도 않는다고 했는데 이 말이 요즘 무색하다. 훌륭한 스승 밑에는 반드시 똑똑한 제자가 배출된다.

부부의 날을 맞아 남남으로 만나 정 붙이며 살면서 백년해로하기를 기대한다. 수많은 고비를 넘기면서 그래도 가장 아껴주고 존중해야 할 대상은 남편과 아내 즉 부부다. 부부가 하나 될 때 행복의 바이러스는 무수히 넘쳐난다. 서로에 대한 고마움을 느끼며 존중하는 마음이 용솟음치도록 노력에 노력을 기울여야 한다.

5월 한 달만이라도 알차게 보냈으면 하는 바람이 간절하다.

청소년 언어폭력 갈수록 심각하다

청소년들이 주고받는 문자메시지를 살펴보면 욕으로 시작해서 욕으로 끝나는 것이 대부분으로 그 심각성이 하늘을 찌를 정도다.

어르신들이 보기에도 섬뜩할 뿐만 아니라 무서운 존재라는 것으로 받아들일 수밖에 없다. 순수하고 착한 모습은 이제 청소년에게서는 안녕이다.

갈수록 난폭해지는 청소년들을 그대로 둬야 할 것인가에 대해 깊은 고민이 뒤따라야 할 것이다. 그리고 선도할 방법을 찾기 위해 부단한 노력도 기울여나가야 한다.

청소년들이 어떻게 성장하느냐에 따라 한 국가의 흥망성쇠가 결정된다고 본다. 한 나라의 미래를 위해서는 곧게 성장해나가야 한다. 그리고 바른길로 인도하기 위한 제도적 장치도 마련돼야 한다. 구색만 갖추는 것이 아닌 실제적으로 도움 되는 것으로 말이다.

비록 주변 환경이 현란하고 폐쇄적이다 하더라도 청소년들이 순수성과 끈기 그리고 패기를 가질 수 있도록 가정을 비롯해 교육당국의 세심한 관심과 교육이 참으로 필요한 시점이 바로 지금이다. '늦었다고 후회하는 그 순간에 바로 시작하는 것이 훨씬 낫다.'라는 말이 있다. 후회가 없다면 시작하려고 하는 용기가 일어나지 않을 것이 뻔하다.

청소년들의 언어폭력이 도를 넘어섰다고 혀만 차는 것이 능사는 아니다. 변화를 가져올 수 있는 계기를 반드시 마련해주는 것도 어르신들의 몫이다.

폭력적인 청소년을 대할 때는 편잔하기보다는 이해하고 보듬기 위한 단계로 접근해야 한다. '가는 말이 고와야 오는 말이 곱다.'라는 속담처럼 생각하는 시간을 주도록 하자. 좋은 언어를 사용함에 따라 인격이 올라가고 어느 곳에서든지 존중의 대상이 될 수 있다.

청소년들이여 그대는 어르신이 아니다. 그리고 폭력적인 행동만 일삼는 조폭의 군상들은 절대로 아니다. 이것을 명심하고 열심히 공부하며 친구 간의 신의를 지키고 위(어르신)와 아래(아이)를 구분하는 지혜를 가진 인격자로 거듭 변화되기를 기대해본다.

희망을 걸 수 있는 후보자에게 한 표 선사하자

2010년 6·2지방선거가 막바지에 다다르면서 각 후보 간의 비방전이 도를 넘어섰다는 지적이 크게 일고 있다. 선거 때가 되면 각 후보들은 자기가 적임자라고 입에 침이 마르도록 열변을 토한다. 그러면서 상대후보에 대해 각종 유언비어를 퍼트린다. 흠집을 내기 위해 과거지사를 들춰내거나 또 있지도 않는 것을 마치 있는 것처럼 과대 포장해 발표하기도 한다.

선거 때마다 되풀이되는 후보 간의 '클린 싸움'이 아닌 '더티 싸움'이 언제쯤 종식될까 기대하는 것은 지나친 욕심인가. 선거

에는 선배도 후배도 없다. 또 어르신과 젊은이가 하나도 존재하지 않는다. 이른바 '피도 눈물도 없는 치열한 싸움'이기는 하지만 그래도 도덕성은 있어야 하지 않을까.

자질이 안 되는 사람이 나와 사회를 어지럽히고 4년간 사리사욕을 취한다면 얼마나 한심하고 안타까울까. 각 후보들이 내세운 공약들도 문제다. 전혀 가당치도 않은 것을 자기가 당선되면 100% 되는 것처럼 이야기하지만 공염불에 그치고 마는 것을 여러 번 겪어 왔다. 각 후보들은 선거 때만 '햇볕 공약' 내세우지 말고 평소에 지역을 위해 그리고 지역주민의 목소리 듣기에 귀를 열어 놔야 할 것이다.

내 맘에 쏙 드는 참 일꾼을 뽑는 일은 결코 쉽지는 않다. 선거 공보를 꼼꼼히 살펴야 한다. 이제는 선택해놓고 후회하지 말고 뽑기 전에 다시 한 번 살펴보는 시간을 갖는 것이 그 무엇보다 중요하다.

지방선거 투표일이 일주일도 채 남지 않았다. 마음 둔 믿음직한 후보에게 따뜻한 한 표를 선사하자.

에너지 절약을 생활화하자

　　　　　에너지 절약을 부르짖는 곳이 많이
생기고 있다. 가정이나 학교, 사무실에서 에너지 절약을 생활화
하는 습관을 반드시 가져야 한다. 현재 우리가 아무리 많은 것을
가지고 있다손 치더라도 대책 없이 마구 사용하거나 신경을 덜
쓰게 된다면 에너지는 곧 고갈되고 말 것이다. 자기의 몸을 아끼
듯이 전깃불 하나 끄고 에어컨 온도 한 단계 낮추고 종이 한 장
조심해서 사용하는 자세가 갖춰질 때 에너지 절약은 바로 지켜지
게 된다.

　말로만 에너지 절약을 외쳐서는 절대로 안 된다. 에너지 절약

을 위해서는 불필요한 것들은 꼭 자제하도록 실천해야 하며 노력이 뒤따라야 한다. 무슨 일이든 결심과 노력이 배제된 상태에서는 이룰 수가 없다. 안 된다고 먼저 생각하기 전에 긍정적인 사고를 갖도록 하자. 작은 것 하나 실천하는 것이 큰 재산을 모으는 것과 같다. '티끌 모아 태산'이라는 말도 있다.

요즘 우리 사회에는 10원짜리 동전을 너무 등한시하는 것 같아 마음이 편치 않다. 그리고 넘쳐나는 것이 있으면 무턱대고 다 쓰려고만 한다. 이럴 때 가져야 할 자세는 '절약'이며 '절제'다.

다시 말해 '아나바다' 운동을 전개하자는 의미도 된다. 우리의 소중한 재산과 생명도 에너지라고 할 수 있다. 넘친다고 흥청망청 사용할 것이 아니라 좀 더 아끼고 비축해서 후세대들에게 잘 물려주는 것도 에너지 절약이라고 볼 수 있다.

눈에 보이지 않는 곳에서 더 많은 에너지가 낭비되고 있다는 사실을 절대로 간과해서는 안 될 것이다. 이제 명심하자. 에너지 절약을 위해 노력과 신경을 많이 써야 한다는 사실을.

대졸 백수 300만 명 시대

우리나라 초·중·고교생들은 불철주야 공부에 열중하고 있다. 열심히 하지 않으면 뒤처지게 되며 결국 촉망받는 자리에 올라가지 못하고 만다.

예전에는 고교만 졸업해도 직장 잡기가 어렵지 않았다. 또 공부만 잘해도 모든 것이 보장되는 때였다. 하지만 대학을 졸업하고 또 대학원을 나온다 해도 취업의 문턱은 갈수록 높아져가고 있는 상황이다.

고학력 출신의 백수들이 해마다 늘고 있어 이에 대한 대책이 시급하다. 아무리 구직을 해봐도 돌아오는 것은 역시 '무반응'이다. '취업 재수생' '취업 삼수생' '취업 사수생' 등이 생겨나고 있지만 받아주는 곳은 '하늘의 별 따기'다.

이처럼 '대졸 백수'가 점점 늘어나면서 스트레스로 인한 탈모 현상이 일어나고 있다. 4년제 대학을 졸업하고 아예 직장 구하기를 포기한 '대졸 백수'가 200만 명을 넘어섰다. 전문대 졸업생까지 합한다면 300만 명에 육박한다. 우리나라 비경제활동인구(1639만2000명) 가운데 '5명 중 1명(18%)'이 대졸 이상 학력자로 나타났다. 해가 거듭될수록 대졸 학력의 비경제활동인구는 고졸, 중졸, 초졸 이하 등 다른 학력자들에 비해 급속도로 늘고 있다.

'대졸=취업'공식이 점점 사라져가고 있다. 그러나 취업에 대한 눈높이를 낮춰 지원하면 합격이라는 기쁨을 맛볼 수 있다. 앞으로 취업을 위한 대학 입학과 졸업은 다시 한 번 생각해봐야 할 중요한 일이다. 취업을 위한 목적보다는 전문성을 습득하는 데 앞장서야 할 것이다.

지방일간신문 창간 5주년 기념 우리의 다짐

오늘 지방일간지가 세상에 얼굴을 내민 지 다섯 돌을 맞았다. 창간부터 5년간 여러 가지 어려움이 뒤따랐다. 임직원들은 이에 아랑곳하지 않고 서로 격려하며 신문 제작에 최선을 다하고 있다.

매일 20면이라는 한 부 신문이 만들어지기 위해서는 기사 작성과 교정, 편집, 광고, 인쇄, 발송, 구독 등이 뒷받침되야 한다. 비록 짧은 역사를 간직한 신문이지만 그 속에 담겨 있는 열정만큼은 식을 줄 모른다고 자부하고 싶다.

매일매일 기적과 같이 신문이 제작되고 있다. 직원들이 많다면 제작은 이른바 '식을 죽 먹기'다. 그러나 신문사 형편은 너무나 나약하다. 그럼에도 불구하고 임직원은 전혀 기죽지 않고 당당하게 자신에게 주어진 일을 담당하며 '내일의 푸른 꿈'을 꾸면서 살아가고 있다. '꿈이 있다는 것은 살아 있다'는 증거다. 작은 희망이 있기 때문에 여러 가지 정보를 한데 모아 독자들에게 전달해주기 위해 신문 발행을 하는 것이라고 본다.

신문 한 부 속에는 하루의 땀과 눈물 그리고 사람 냄새 등이 진하게 배여있다. 그래서 신문 한 부가 그만큼 귀중하다. '고생 끝에 낙이 있다.'는 말처럼 창간 다섯 돌을 맞아 신문사가 힘차게 앞만 보고 달려 나갔으면 하는 바람이 간절하다. 세파에 흔들리지 말고 언론 본연의 자세를 꿋꿋하게 고수했으면 좋겠다.

특히 사회 어두운 면을 파헤쳐 밝게 만들어주고 미담거리를 찾아서 보도해줌으로써 사랑이 움터 나오는 사회 건설에 이바지하도록 최선을 다할 각오다.

후발 언론과 나약함을 무기 삼아 10주년, 30주년, 50주년 쉼없이 발행되며 지역민과 함께 역사를 장식하리라 다짐한다. 척박한 땅을 개간해 옥토로 만드는 농부의 심정으로 돌아가 '좋은 신문' '희망을 안겨주는 신문' '지역경제 발전에 이바지하는 신문' 등으로 크게 인식될 수 있도록 노력을 게을리 하지 않을 것을 다시 한 번 다짐한다.

무더운 계절에 어떻게 지내십니까?

폭염주의보가 전국적으로 발효되고 있다, 연일 30도가 훨씬 넘어선 무더위가 기승을 부리며 사람들을 지치게 만들고 있다. 이와 같은 무더위를 피하기 위해 시원한 산과 바다를 찾아 피서 떠나는 사람이 많아지고 있다.

무더운 계절을 잘 보내기 위해서는 무엇보다도 건강 유지가 중요하다. 건강할 때 건강을 지켜야 한다. 한 번 잃게 된 건강을 되찾기란 말처럼 쉽지 않다. 건강을 잃고서 후회해도 그 어떤 방법이 없다.

무더운 계절에는 바다도 산도 조심해서 다녀야 한다. 왜냐하면

곳곳에 안전사고가 일어날 수 있는 요소가 도사리고 있기 때문이다. 혼자 다니기보다는 여럿이 무리지어 다니는 것도 괜찮다. 가령 피치 못할 일이 일어난다 해도 곧바로 도움 요청이 된다.

우리 모두가 '무더운 계절에 어떻게 지내십니까?'라는 인사를 나누며 살아가는 미덕을 지니도록 하자. 이럴 때 살아가는 것에 대한 매력과 함께 삶의 활력도 생기게 된다.

덥다고 주위 사람들에게 짜증을 내기보다는 서로 간에 건강을 기원하며 살아가는 것도 큰 의미가 있다고 생각한다. 무더위를 겁내지 말고 견뎌나가기 위해 내공쌓기에 앞장서자. 무더위를 견뎌내야 살을 에는 듯한 강추위도 이겨낼 수가 있다. 다시 말해 부드러움만 존재한다면 그 무료함이 더 크다. 그러나 강함이 있어 서로 비교가 되고 존재 가치를 인정하게 된다.

더위와 추위가 공존하기 때문에 적응력이 생겨 살아가고 있다. 계속해서 더위만 있다면 견뎌나가는 데 힘이 무척 들 것이다. 또 추위만 계속해서 진행된다면 적응력이 많이 약해질 것이라는 생각이 든다. 강함과 약함, 더위와 추위, 높음과 낮음, 과거와 현재 등등 모든 세상사가 양면성을 갖고 있다. 이것은 대립보다 조화를 이루며 살아갈 수 있도록 인간에게 준 신의 귀한 선물이 아닐까 한 번쯤 생각에 잠겨보는 것도 좋을 것 같다.

'어떻게 무더위 견뎠어요.' '더위가 사람을 강하게 만드네요.'

'조금 지나면 시원한 계절이 다가오죠.' '당신이 곁에 있어 무더운 여름과 매서운 추위를 이겨냈어요.' 등등 인사말을 건네는 시간을 갖도록 해보자.

더도 말고 덜도 말고 한가위만 같아라

                우리 민족 고유의 명절인 추석이 다음 주 앞으로 다가왔다. 추석은 다른 말로 중추절, 가배, 가배위, 가배절, 가우일, 가우절, 가위, 가윗날, 추석날, 팔월대보름, 한가위, 한가윗날 등으로 불린다.

  추석에는 멀리 떨어져 지내온 가족들이 한자리에 모여 밤새 이야기꽃을 피우며 행복한 시간을 갖게 된다. 그리고 벌초와 성묘도 한다. 또 추석에는 햅쌀로 빚은 송편과 온갖 과일로 정성껏 조상께 차례를 지낸다. 그리고 강강술래, 줄다리기, 씨름, 소먹이, 반보기 등 각종 놀이도 즐긴다. 이웃 간에 맛난 음식을 나누며 정도 함께 듬뿍 채우게 된다.

가난한 시절의 추석은 새 옷과 새 신발을 받을 수 있는 절호의 기회였다. 특히 이때 받은 '추석빔'은 정말 귀하기 때문에 입거나 신지 않고 아끼면서 보는 것으로 만족해야만 했다. 또 지금껏 먹어보지 못한 음식과 과일이 풍부해서 1년 중에 가장 즐거운 날이었으며 계속해서 이와 같은 날이 이어지길 소원했던 것으로 기억한다.

올 추석에도 고향을 찾는 차량들로 인해 고속도로가 몸살 앓을 것이 뻔하다. 그럼에도 불구하고 고향을 찾아 떠나는 발걸음은 언제나 가볍다. 부모형제에게 안겨줄 작은 선물꾸러미 하나 준비해 떠나는 고향길. 그것은 아마 대한민국에서만 볼 수 있는 진풍경이다. 막히면 막힌 대로 뚫리면 뚫린 대로 찾아가는 고향길은 정겹게 느껴진다. 물레방아가 끊임없이 돌아가고 길섶에는 가을꽃인 코스모스가 하늘거리는 모습 그 자체가 '고향의 축소판'이라고 할 수 있다.

추석을 맞아 그동안 세상에서 고달프게 살아왔던 모든 일들을 부모형제 앞에 내려놓고 위로와 격려를 받도록 하자. 부모형제로부터 힘과 용기를 얻고 재도전하는 기회를 삼아보도록 노력을 기울여나가는 것도 이제는 필요하다.

그래서 그런지 '더도 말고 덜도 말고 한가위만 같아라'는 속담

이 있는 것처럼 모든 것이 풍성하게 넘치는 추석 이른바 한가위
가 있어 행복하다는 사실을 잊지 말고 부지런히 힘차게 살아가야
할 것이다.

살아 있음에 진정 행복하다는 생각

신종인플루엔자(신종플루) 감염환자가 연일 급증하면서 세상이 온통 소용돌이 속에 빠져들었다는 느낌이다. 여기저기에서 감염된 환자가 속출하고 또 감염된 환자 중에는 이미 세상을 떠난 사람도 있는 것으로 알려져 매우 불안하고 마음이 괴롭고 서글프기 그지 없다.

그런가 하면 하나의 생명줄을 이어가기 위해 열심히 병원에서 치료를 받고 있는 환자들도 많이 있는 것으로 파악됐다, 신종플루가 확산되면서 대전의 각 기관에는 손 소독기가 설치됐다는 소식이 들려온다.

신종플루가 번지기 시작한 몇 주 전부터는 약국이나 편의점에 있던 손 소독 제품이 바닥을 완전히 드러내는 기현상이 빚어지기도 했다. 물론 이런 때를 이용해 사재기를 한 사람이 분명 있을 것이라는 생각이 머릿속에서 떠나지 않고 똬리를 튼다. 이는 필시 자기 혼자만 살겠다는 생각 때문이었을 것이고 또 하나는 값이 오르기 전에 확보해 놓자는 욕심이 작용했기 때문이라고 생각이 미친다.

자기만 생각하는 '작은 하나의 욕심이 정말 씻을 수 없는 슬픔을 만들어낸다'는 사실을 결코 간과해서는 안 된다. 신종플루 때문에 이제 직장이나 학교 그리고 가정에서 감염되지 않기 위해서 손 소독을 잘해나가고 있다. 또 등교하는 학생들의 체온을 재기 위해 체온계를 들고 있는 사람들도 자주 보게 된다. 혹시 가정에서 몇 개씩 갖고 있는 체온계는 대전시나 학교에 기증하는 너그러운 마음도 빨리 회복됐으면 좋겠다.

신종플루가 기승을 부리고 있는 이때에 이제 우리는 살아 있음이 진정 행복하다는 생각을 마음속 깊이 간직하면서 하루를 고맙고 기쁘게 살아갔으면 한다.

기성세대와 신세대의 연결고리는 '소통'

　　　　　　　　　기성세대들은 어려운 시절을 경험하
며 삶을 지탱해 왔다. 그렇기 때문에 그 어떤 고난과 역경이 닥쳐
와도 눈 하나 깜짝하지 않고 묵묵히 자신들의 길을 걸어오고 있
다. 말로만 강한 모습을 보여주는 것이 결코 아니다. 기성세대에
게 있어 '고집'과 '경험'이 중요한 재산이 된다. 이것은 돈으로
환산이 불가능하다. 기성세대는 변하는 것에 익숙하지 않아 많이
망설인다. 그리고 매사를 조심스럽게 접근하고 끊임없이 생각하
는 타입이다.

　반면 신세대는 빨리 실증내고 포기하기에 여념이 없다. 오로지

자신만이 중요하기 때문에 옆을 바라보려는 노력조차 하지 않는다. 그래서 가볍게 행동한다. 그리고 금방 후회하게 된다. 신세대는 다양하고 화려한 것들을 좋아하며 한 번에 모든 것을 성취하길 원한다. 모든 일에 있어 오래가는 경우는 매우 드물다.

이제 기성세대는 신세대를 향해 충고와 조언을 아끼지 말아야 한다. 기성세대는 그만큼 신세대를 사랑해야 한다. 그럴 때 세대 간 공감대가 형성되고 신뢰와 소통이 제대로 이뤄진다. 기성세대는 신세대의 신선한 감각과 생각을 무시하기보다는 존중하도록 적극 노력해야 할 것이다. 또한 신세대도 기성세대의 의견을 고리타분하다고 업신여길 것이 아니라 인생의 교훈으로 받아들이도록 하자. 이런 가운데 소통은 자연스럽게 시작되고 만다.

기성세대와 신세대의 갭(Gap)은 언제나 존재한다. 그것을 거울 삼아 이해하고 알아가려고 신경을 곤두세워야 할 것이다. 누구나 경험 앞에서는 정답이 없는 법이다. 그러므로 신세대는 기성세대를 그저 멀리 하지 말고 가까이하도록 해야 한다. 이로 인해 신세대는 자신의 주장을 조금 양보하고 기성세대가 들려주는 이야기에 귀기울여야 한다.

기성세대와 신세대는 바늘과 실처럼 절대로 뗄 수 없는 관계다. 서로 간에 미워하지 말고 사랑해야 한다. 세대 간의 차이점을 인정하고 부족한 점을 채워갈 수 있도록 적극적인 자세를 반드시

세워나가야 한다. 기성세대와 신세대의 연결고리는 다름 아닌
'소통'에 있다. 이것을 망각하지 않도록 조심 또 조심해야 할 것
이다.

알면서도 모르는 게 '부모와 자식 사이'

가족 간의 친밀도를 높이기 위해서는 무엇보다도 대화시간을 일부러 만들어나가야 한다고 가정상담전문가는 입을 모은다. 또 가정상담전문가는 기성세대인 어르신들부터 청소년기에 있는 자녀들을 이해하도록 노력해 줄 것을 재차 권고한다.

이와 함께 청소년기에 있는 자녀들도 부모를 너무 무섭게만 생각하지 말고 허심탄회하게 대화할 수 있는 대상으로 받아들여야 한다고 강조한다.

가족 간의 단절된 대화를 이어가기 위해서는 먼저 자녀가 부모를 이해하고 존경하는 마음을 가져야만 가능하다. 그리고 부모는 '내 자녀는 누구보다 부모가 제일 잘 안다'는 상식에서 과감히 벗어나야 한다. 가장 잘 안다고 큰소리 칠 때가 가장 잘 모른다고 마음에서는 요동치고 있기 때문에 그렇다. 많이 알고 있다고 큰소리 치지만 서로 간에 잘 모르는 관계가 또한 '부모와 자식 사이'라고 말해준다.

잘 알고 있다고 하면서 잘 모르는 관계를 개선하기 위해서는 '대면대화'가 먼저 이뤄져야 하고 또 상황이 여의치 않는다면 '이메일'을 주고받는 것도 좋은 방법 중의 하나다.

때로는 부모와 자녀가 대면해서 대화하려면 어색하거나 쑥스럽기도 한 경우도 있다.

대화를 익숙하게 한 경우라면 몰라도 그렇지 않다면 전혀 엄두를 내지 못하는 경우가 다반사이기 때문이다. 대면대화나 이메일로도 힘들다면 '부모께 문자메시지 보내기'나 '자녀에게 쪽지 쓰기'를 시도해보는 것도 대화단절을 회복하는 계기로 작용할 수 있다.

대화라는 것이 꼭 시간을 많이 할애한다고 해서 좋은 것만은 아니다. 비록 짧은 시간의 대화라고 하더라도 이해심과 배려, 존경심, 신뢰감 등이 담겨져 있다면 '대화의 물꼬'는 트였다고 볼수 있다.

부모와 자녀 간의 대화는 '일방적인 대화'보다는 '쌍방적인 대화'를 위해 노력해야 하며 이해하는 폭이 넓어질 때 개선 폭도 좁아질 수 있다.

2017 장애인 창작집 발간지원 사업 선정 작품집

시작은 참 아름다운 일이다

1쇄 발행일 | 2017년 12월 28일

지은이 | 조윤찬
펴낸이 | 정화숙
펴낸곳 | 개미

출판등록 | 제313 - 2001 - 61호 1992. 2. 18
주소 | (04175) 서울시 마포구 마포대로 12, B-127호(마포동, 한신빌딩)
전화 | (02)704 - 2546
팩스 | (02)714 - 2365
E-mail | lily12140@hanmail.net

ⓒ 조윤찬, 2017
ISBN 978 - 89 - 94459 - 89 - 9 03810

값 12,000원

주최 | 대한민국 장애인 창작집필실
주관 | 장애인인식개선오늘(고유번호 305-80-25363. 대표 박재홍)
심사 | 발간지원 사업 심사위원회
후원 | 대전광역시, 대전문화재단, 갤러리예향 좋은친구들, 대전광역시버스운송사
업조합, 드림장애인인권센터, (주)맥키스컴퍼니, 계간 문학마당, (주)삼진정
밀, 대한민국창작집필실, 한국복제전송저작권협회, 한국장애인문화네트워크

문의 | (042)826-6042